O PEQUENO PRÍNCIPE

Acredito que, para sua fuga, ele se aproveitou de uma migração de aves selvagens.

ANTOINE DE SAINT-EXUPÉRY

O PEQUENO PRÍNCIPE

Com as aquarelas do autor

Tradução
Vera Siqueira

Brasil - 2024

Lafonte

Título Original: Le Petit Prince
Copyright © Editora Lafonte Ltda. 2022

Todos os direitos reservados.
Nenhuma parte deste livro pode ser reproduzida por quaisquer meios
existentes sem autorização por escrito dos editores e detentores dos direitos.

Direção editorial	**Ethel Santaella**
Tradução	**Vera Siqueira**
Revisão	**Rita del Monaco**
Preparação	**Marcos Baraldi**
Diagramação e capa	**Marcos Sousa**

Dados Internacionais de Catalogação na Publicação (CIP)
(eDOC BRASIL, Belo Horizonte/MG)

S156p   Saint-Exupéry, Antoine de, 1900-1944.
       O pequeno príncipe / Antoine de Saint-Exupéry; tradução Vera
    Siqueira. – São Paulo, SP: Lafonte, 2024.
       96 p. : il. ; 15,5 x 23 cm

       Título original: Le Petit Prince
       ISBN 978-65-5870-519-2 (Capa azul)
       ISBN 978-65-5870-521-5 (Capa vermelha)
       ISBN 978-65-5870-520-8 (Capa lilás)

       1. Ficção francesa. 2. Literatura infantojuvenil. I. Título.
                                                          CDD 028.5

Elaborado por Maurício Amormino Júnior – CRB6/2422

Editora Lafonte
Av. Prof.ª Ida Kolb, 551, Casa Verde, CEP 02518-000, São Paulo-SP, Brasil – Tel.: (+55) 11 3855-2100
Atendimento ao leitor (+55) 11 3855-2216 / 11 3855-2213 – atendimento@editoralafonte.com.br
Venda de livros avulsos (+55) 11 3855-2216 – vendas@editoralafonte.com.br
Venda de livros no atacado (+55) 11 3855-2275 – atacado@escala.com.br

Para Leon Werth

Peço perdão às crianças por ter dedicado este livro a um adulto. Tenho uma boa desculpa: esse adulto é o melhor amigo que tenho no mundo. Tenho outra desculpa: esse adulto entende de tudo, até mesmo de livros para crianças. Tenho uma terceira desculpa: esse adulto mora na França, onde sente fome e frio. Ele precisa ser consolado. Se todas essas desculpas não forem suficientes, gostaria de dedicar este livro à criança que esse adulto foi algum dia. Todos os adultos um dia foram crianças (mas poucos se lembram disso). Portanto, vou corrigir minha dedicatória:

Para Leon Werth
Quando ele era menino

PRIMEIRO CAPÍTULO

Certa vez, quando eu tinha 6 anos, vi uma extraordinária imagem num livro sobre a floresta virgem chamado *Histórias Vividas*. Ela representava uma jiboia engolindo uma fera. Aqui está a cópia do desenho.

O livro dizia: "As jiboias engolem sua presa inteira, sem mastigar. Depois, não conseguem mais se mexer e dormem durante os seis meses da sua digestão."

Então pensei muito nas aventuras da selva e consegui traçar com lápis de cor meu primeiro desenho. Meu desenho número 1. Ele era assim:

Mostrei minha obra-prima aos adultos e perguntei se meu desenho lhes dava medo.

Eles responderam: "Por que ter medo de um chapéu?"

Meu desenho não representava um chapéu. Representava uma jiboia digerindo um elefante. Então desenhei o interior da jiboia para que os adultos conseguissem entender. Eles sempre precisam de explicações. Meu desenho número 2 era assim:

Os adultos me aconselharam a abandonar os desenhos de jiboias abertas ou fechadas e a me interessar mais por geografia, história, aritmética e gramática. Foi assim que, aos 6 anos, abandonei uma carreira magnífica de pintor. Fiquei desanimado com o fracasso do meu desenho número 1 e do meu desenho número 2. Os adultos nunca entendem nada sozinhos, e é cansativo para as crianças ficar o tempo todo dando explicações para eles.

Logo, tive de escolher outra profissão e aprendi a pilotar aviões. Eu voei um pouco pelo mundo todo e com certeza a geografia me ajudou bastante. Eu sabia distinguir, à primeira vista, a China do Arizona. É muito útil se alguém se perde de noite.

Assim, durante a vida, tive muitos contatos com muita gente séria. Eu convivi um bocado com adultos. Eu os vi bem de perto. Isso não melhorou muito a minha opinião.

Quando encontrava uma pessoa adulta que me parecia um pouco mais esclarecida, eu fazia a experiência com o meu desenho número 1, que sempre guardei. Queria saber se ela realmente compreendia. Mas ela sempre respondia: "É um chapéu". Então eu não lhe falava de jiboias, nem de florestas virgens, nem de estrelas. Eu me colocava no seu nível. Falava de *bridge*, de golfe, de política e de gravatas. E o adulto ficava satisfeito em conhecer um homem tão sensato.

CAPÍTULO 2

Assim vivi só, sem ninguém com quem falar de verdade, até seis anos atrás, quando tive uma pane no deserto do Saara. Alguma coisa se quebrou no meu motor. E como eu não transportava nem mecânico, nem passageiros, me preparei para tentar fazer sozinho um conserto difícil. Para mim, era uma questão de vida ou morte. Eu só tinha água de beber para oito dias.

Assim, na primeira noite dormi na areia, a mil milhas de qualquer terra habitada. Estava mais isolado que um náufrago numa jangada no meio do oceano. Então imaginem só minha surpresa quando, ao nascer do dia, uma vozinha estranha me despertou. Ela dizia:

– Por favor... *me* desenha um carneirinho!

– Oi?

– *Me* desenha um carneirinho...

Dei um salto, como se um raio tivesse me atingido. Esfreguei bem os olhos. Olhei bem. E vi um menino absolutamente extraordinário, que me olhava de um jeito muito sério. Aqui está o melhor retrato que mais tarde consegui fazer dele.

Mas claro que o meu desenho é bem menos encantador que o modelo. A culpa não é minha. Com 6 anos, fui desencorajado pelos adultos da carreira de pintor e não aprendi a desenhar nada, a não ser jiboias fechadas e jiboias abertas.

Logo, olhei para aquela aparição com olhos arregalados de espanto. Não esqueçam que eu me encontrava a mil milhas de qualquer região habitada. Ora, o menino não me parecia nem perdido, nem morto de cansaço, nem morto de fome, nem morto de sede, nem morto de medo. Não tinha nada da aparência de uma criança perdida no meio do deserto, a mil milhas de qualquer região habitada. Então, quando consegui falar, eu lhe disse:

– Mas... o que é que você está fazendo aqui?

Então ele me repetiu, suavemente, como se fosse coisa muito séria:

– Por favor... desenha um carneirinho pra mim...

Quando o mistério é muito grande, não ousamos desobedecer. Mesmo que aquilo parecesse absurdo, a mil milhas de todos os lugares habitados e com risco de morte, tirei do bolso uma folha de papel e uma caneta-tinteiro. Então lembrei que eu tinha estudado principalmente geografia, história, aritmética e gramática e disse ao menino (meio mal-humorado) que eu não sabia desenhar. Ele respondeu:

– Não faz mal. Desenha um carneirinho pra mim.

Como eu nunca tinha desenhado um carneiro, refiz para ele um dos dois únicos desenhos de que era capaz. O da jiboia fechada. E qual não foi minha surpresa ao ouvir o menino responder:

– Não! Não! Eu não quero um elefante dentro de uma jiboia. Uma jiboia é muito perigosa e um elefante é muito incômodo.

Ele não tinha nada da aparência de uma criança perdida no meio do deserto, a mil milhas de qualquer região habitada. Aqui está o melhor retrato que, mais tarde, consegui fazer dele.

Onde moro é muito pequeno. Preciso de um carneirinho. Desenha um carneirinho pra mim.

Então desenhei.

Ele olhou com atenção, e falou:

– Não, esse aí está muito doente. Faz outro.

Desenhei:

Meu amigo sorriu gentilmente, compreensivo:

– Olha só... não é um carneirinho, é um carneiro adulto... ele tem chifres...

Então refiz meu desenho:

Mas ele foi recusado, como os demais:

– Esse aí é muito velho. Quero um carneirinho que viva muito.

Então, impaciente, pois estava apressado para começar a desmontagem do meu motor, rabisquei este aqui.

E disparei:

– Isso aqui é a caixa. O carneirinho que você quer está lá dentro.

Mas qual não foi minha surpresa ao ver o rosto do meu jovem juiz se iluminar:

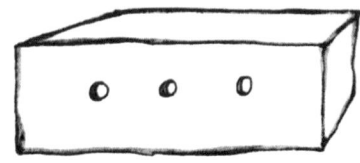

– Era isso mesmo que eu queria! Você acha que esse carneirinho precisa de muito capim?

– Por quê?

– Lá onde eu moro é muito pequeno.

– Isso vai dar, com certeza. Eu te dei um carneiro bem pequenininho.

Ele se inclinou sobre o desenho:

– Nem tão pequeno assim... Olha só! Ele dormiu...

E foi assim que conheci o pequeno príncipe.

CAPÍTULO 3

Levei muito tempo para entender de onde ele vinha. O pequeno príncipe, que me fazia tantas perguntas, parecia nunca ouvir as minhas. Foram palavras ditas por acaso que, aos poucos, me revelaram tudo. Assim, quando ele viu meu avião pela primeira vez (não vou desenhar o avião, é bem mais complicado), perguntou:

– Que coisa é essa aí?

– Não é uma coisa. Isso voa. É um avião. O meu avião.

E fiquei orgulhoso de contar para ele que eu voava. Então ele exclamou:

– Como assim! Você caiu do céu?

– Sim, respondi modestamente.

– Ah! Que engraçado...

E o pequeno príncipe deu uma bela risada, o que muito me irritou. Quero que levem meus infortúnios a sério. Depois acrescentou:

– Então você também vem do céu! De qual planeta você é?

De repente, vislumbrei um clarão no mistério da sua presença e o interroguei bruscamente:

– Então você está vindo de outro planeta?

Mas ele não respondeu. Balançava a cabeça suavemente, olhando meu avião:

– É claro que, naquilo ali, você não está vindo de muito longe mesmo...

E se recolheu num devaneio que durou muito tempo. Depois, tirando meu carneirinho do bolso, mergulhou na contemplação de seu tesouro.

Vocês devem imaginar o quanto fiquei intrigado com aquela meia confidência sobre "os outros planetas". Logo, insisti um pouco mais:

– De onde você vem, rapazinho? Onde é a "sua casa"? Para onde quer levar meu carneirinho?

Depois de um silêncio meditativo, ele respondeu:

– O que é bom, com a caixa que você me deu, é que de noite vai servir de casa pra ele.

– Claro. E se você for bonzinho, eu também vou lhe dar uma corda para o amarrar durante o dia. E uma estaca.

O pequeno príncipe pareceu chocado com essa ideia:

– Amarrar? Que ideia esquisita!

– Mas se você não o amarrar, ele vai sair por aí e se perder...

E meu amigo deu uma nova risada:

O seu planeta de origem era apenas um pouco maior do que uma casa!

– Mas aonde você acha que ele vai?

– Para qualquer lugar. Sempre em frente...

Então o pequeno príncipe observou gravemente:

– Não faz mal, é tão pequeno onde vivo!

E, talvez, com um pouco de melancolia, acrescentou:

– Não dá pra ir muito longe, andando sempre em frente...

CAPÍTULO 4

Assim fiquei sabendo de uma segunda coisa muito importante: o seu planeta de origem era apenas um pouco maior do que uma casa!

Isso nem me surpreendeu muito. Eu sabia que, além de grandes planetas como a Terra, Júpiter, Marte, Vênus, aos quais já demos nomes, há centenas de outros, às vezes tão pequenos que mal são vistos ao telescópio. Quando um astrônomo descobre um deles, o batiza com um número. Ele o chama, por exemplo, "o asteroide 3251".

Tenho boas razões para crer que o planeta do qual vinha o pequeno príncipe é o asteroide B 612. Esse asteroide foi visto ao telescópio apenas uma vez, em 1909, por um astrônomo turco.

Ele fez na época uma grande demonstração de sua descoberta, num con-

 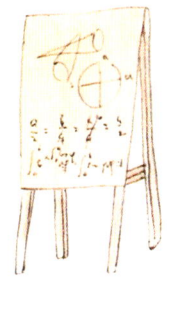 gresso internacional de astronomia. Mas ninguém acreditou nele por causa do seu traje. Os adultos são assim mesmo.

Felizmente, para a reputação do asteroide B 612, um ditador turco impôs a seu povo, sob pena de morte, vestir-se à moda europeia. O astrônomo refez a demonstração em 1920, com um traje muito elegante. E dessa vez todo mundo concordou com ele.

Se contei a vocês esses detalhes sobre o asteroide B 612, se disse o seu número, é por causa dos adultos. Os adultos adoram números. Quando você fala sobre um novo amigo, eles nunca perguntam o essencial. Eles nunca dizem: "Qual o som da voz dele? Que jogos prefere? Será que coleciona borboletas?" Mas perguntam: "Qual a idade dele? Quantos irmãos tem? Quanto pesa? Quanto o pai dele ganha?" Só assim pensam conhecê-lo. Se você disser aos adultos: "Vi uma linda casa de tijolos cor-de-rosa, com gerânios na janela e pombas no telhado...", eles não conseguem imaginar essa casa. É preciso dizer a eles: "Vi uma casa de cem mil francos". Então exclamam: "Ah! Que maravilha!"

Assim, se você lhes disser: "A prova de que o pequeno príncipe existiu é que ele era um encanto, que ria e queria um carneirinho. Quando alguém

quer um carneirinho é sinal de que esse alguém existe", eles vão dar de ombros e tratar você como uma criança! Mas se você lhes disser: "O planeta de onde ele veio é o asteroide B 612", então eles vão se convencer e deixar você em paz com suas perguntas. Eles são assim mesmo. Não os culpe por isso. As crianças devem ser muito compreensivas com os adultos.

Mas, claro, nós, que entendemos a vida, zombamos dos números. Eu gostaria de ter começado essa história como nos contos de fadas. Gostaria de ter dito:

"Era uma vez um pequeno príncipe que morava num planeta um pouco maior do que ele e precisava de um amigo..." Para os que compreendem a vida, isso soaria bem mais verdadeiro.

Pois não gosto que leiam meu livro assim, sem cuidado. Sinto tanto pesar ao contar essas lembranças. Já faz seis anos que meu amigo foi embora com seu carneirinho. Se eu tento descrevê-lo aqui é para não o esquecer. É triste esquecer um amigo. Nem todo mundo teve um. E posso me transformar num adulto que só se interessa por números. Foi por isso mesmo que comprei aquarelas e lápis. É duro começar a desenhar na minha idade quando nunca se fez outras tentativas, a não ser a de uma jiboia fechada e a de uma jiboia aberta, aos 6 anos de idade! Eu vou, claro, tentar fazer retratos o mais semelhantes possível. Mas não sei se vou ter sucesso. Um desenho dá certo, e o outro não fica nada parecido. Eu também me engano um pouco de tamanho. Neste o pequeno príncipe é muito alto. Naquele é muito baixo. Eu tenho dúvidas também sobre a cor da sua roupa. Então vou mais ou menos tateando, com dificuldade. Enfim, vou me enganar com alguns detalhes mais importantes. Mas vocês devem me perdoar por isso. Meu amigo nunca dava explicações. Ele achava talvez que eu fosse igual a ele. Mas, infelizmente, não sei ver carneirinhos através de caixas. Talvez eu seja como os adultos. Devo ter envelhecido.

CAPÍTULO 5

Todo dia eu ficava sabendo de alguma coisa sobre o planeta, a partida, a viagem. Isso vinha bem devagar, ao acaso das reflexões. Foi assim que, no terceiro dia, conheci o drama dos baobás.

E foi mais uma vez graças ao carneirinho, pois o pequeno príncipe me interrogou bruscamente como que tomado por uma dúvida inquietante:

– É verdade que os carneiros comem arbustos, não é?

– Sim, é verdade.

– Ah, que bom.

Não entendi por que era tão importante que os carneiros comessem arbustos. Mas o pequeno príncipe acrescentou:

– Então eles também comem baobás?

Expliquei ao pequeno príncipe que os baobás não são arbustos, mas grandes árvores como as igrejas e que, mesmo se ele levasse consigo uma manada de elefantes, essa manada não ultrapassaria a altura de um baobá.

A ideia da manada de elefantes fez o pequeno príncipe rir:

– Só se eles ficassem um em cima do outro...

Mas ele observou com sabedoria:

– Antes de crescer, os baobás são bem pequeninos.

– São mesmo. Mas por que você quer que carneirinhos comam os pequenos baobás?

Ele me respondeu "Ora! Por quê!", como se isso fosse evidente. E precisei de um grande esforço de inteligência para compreender sozinho esse problema.

E, realmente, no planeta do pequeno príncipe havia, como em todos os planetas, ervas boas e ervas daninhas. Portanto, boas sementes de boas ervas e más sementes de ervas daninhas. Mas as sementes são invisíveis. Dormem no íntimo da terra até que uma delas, por capricho, resolve despertar. Então ela se espreguiça e empurra primeiro, timidamente, em direção ao Sol, um encantador raminho inofensivo. Se for um raminho de rabanete ou de roseira, podemos deixá-lo crescer à vontade. Mas, se for uma planta daninha, é preciso arrancá-la de imediato, assim que a reconhecermos. Ora, havia sementes terríveis no planeta do pequeno príncipe... eram as sementes de baobás. O solo do planeta estava infestado por elas. Ora, se percebemos um baobá tarde demais, já não podemos mais nos livrar dele. Ele entulha todo o planeta.

Ele o perfura com suas raízes. E se o planeta for muito pequeno, e os baobás numerosos, eles o fazem explodir.

"É uma questão de disciplina", me disse mais tarde o pequeno príncipe. "Quando a gente termina de se arrumar de manhã, é preciso arrumar cuidadosamente o planeta. É preciso se esforçar para arrancar com frequência os baobás, logo que se consegue distingui-los das roseiras, com quem eles se parecem quando muito pequenos. É um trabalho chato, mas bem fácil."

E, certo dia, ele aconselhou a me dedicar a fazer um belo desenho, para que isso entrasse na cabeça das crianças de onde moro. "Se elas viajarem algum dia", disse ele, "isso pode ser útil. Às vezes, não há problema em deixar um trabalho para mais tarde. Mas, no caso dos baobás, é sempre uma catástrofe. Eu conheci um planeta habitado por um preguiçoso. Ele não deu importância a três arbustos..."

E com as indicações do pequeno príncipe, desenhei o tal planeta. Não gosto de adotar um tom moralista. Mas o perigo dos baobás é tão pouco conhecido, e os riscos que alguém corre ao se perder num asteroide são tamanhos que, pelo menos uma vez, abro uma exceção à minha reserva. E digo: "Crianças! Cuidado com os baobás!" Foi para avisar meus amigos de um perigo que eles, sem saber, corriam há tempos, assim como eu, que trabalhei tanto naquele desenho. A lição que eu dei valia a pena. Vocês talvez se perguntem: por que não há neste livro outros desenhos tão grandiosos como o dos baobás? A resposta é simples: bem que tentei, mas não tive sucesso. Quando desenhei os baobás, estava animado pelo sentimento da urgência.

"Às vezes, não há problema em deixar um trabalho para mais tarde. Mas, no caso dos baobás, é sempre uma catástrofe."

CAPÍTULO 6

Ah! pequeno príncipe, foi assim que compreendi, pouco a pouco, sua vidinha melancólica. Durante muito tempo, você teve como distração apenas a doçura do pôr do sol. Eu soube desse novo detalhe no quarto dia de manhã, quando você disse:

– Eu adoro o pôr do sol. Vamos ver um...

– Mas temos de esperar...

– Esperar o quê?

– Esperar o sol se pôr...

Primeiro, você ficou muito surpreso, e depois riu de si mesmo. E me disse:

– Eu sempre acho que estou em casa!

É assim mesmo. Todo mundo sabe que, quando é meio-dia nos Estados Unidos, o sol se põe na França. Bastaria poder ir à França num minuto para assistir ao pôr do sol. Infelizmente, a França fica longe demais. Mas, no seu planetinha, era só arrastar um pouco a cadeira. E você via o pôr do sol sempre que quisesse...

– Um dia eu vi o sol se pôr quarenta e três vezes!

E mais tarde você acrescentou:

– Sabe... quando alguém está muito triste, gosta do pôr do sol...

– Mas então você estava tão triste assim no dia das quarenta e três vezes?

Mas o pequeno príncipe não respondeu.

CAPÍTULO 7

No quinto dia, sempre graças ao carneirinho, esse segredo da vida do pequeno príncipe me foi revelado. Ele me perguntou bruscamente, do nada, como fruto de um problema meditado por muito tempo em silêncio:

– Se um carneiro come arbustos, ele também come flores?

– Um carneiro come tudo o que encontra.

– Até as flores com espinhos?

– Sim. Até as flores com espinhos.

– Então os espinhos servem pra quê?

Eu não sabia. Estava muito ocupado tentando desatarraxar um parafuso bem apertado do meu motor. Estava muito ansioso, pois minha pane já parecia muito grave, e a água de beber se acabava, me fazendo temer o pior.

– Os espinhos servem pra quê?

O pequeno príncipe nunca desistia de uma pergunta que tivesse feito. Eu estava irritado com o parafuso e respondi qualquer coisa.

– Os espinhos não servem para nada, é pura maldade das flores!

– Oh!

Mas, depois de um silêncio, ele disparou com uma dose de rancor:

– Não acredito em você! As flores são frágeis. São ingênuas. Elas se acalmam como podem. Acham que são terríveis com seus espinhos...

Não respondi nada. Nesse momento, eu pensava: "Se esse parafuso continuar resistindo, vou arrancá-lo com uma martelada". O pequeno príncipe perturbou de novo minhas reflexões:

– E você acha que as flores...

– Não! Não! Eu não acho nada! Respondi qualquer coisa. Eu me ocupo com coisas sérias!

Ele me olhou espantado.

– Coisas sérias!

Ele olhava para mim, com o martelo na mão e os dedos sujos de graxa, debruçado sobre um objeto que lhe parecia horrendo.

– Você fala que nem os adultos!

Fiquei com vergonha. Mas ele acrescentou, sem piedade:

– Você confunde tudo... mistura tudo!

Ele estava mesmo muito irritado. E sacudia ao vento os cabelos dourados:

– Conheço um planeta onde tem um homem muito vermelho. Ele nunca cheirou uma flor. Nunca olhou pra uma estrela. Nunca amou ninguém. Nunca fez outra coisa a não ser somar. E o dia inteiro ele repete que nem você: "Eu sou um homem sério! Eu sou um homem sério!" e se enche de orgulho. Mas não é um homem, é um cogumelo!

– Um o quê?

– Um cogumelo!

Agora o pequeno príncipe estava pálido de tanta raiva.

– Há milhões de anos as flores fabricam espinhos. Apesar disso, há milhões de anos os carneiros comem as flores. E não é sério tentar entender por que elas trabalham tanto pra fabricar espinhos que não servem para nada? Não é importante a guerra dos carneiros e das flores? Não é mais sério e mais importante do que as somas de um senhor gorducho e vermelho? E se eu conheço uma flor única no mundo, que não existe em lugar nenhum, só no meu planeta, e que um carneirinho pode destruir com um só golpe, assim, numa manhã, sem perceber o que faz, isso não é importante!

Ele corou, e depois continuou:

– Se alguém ama uma flor da qual só existe um exemplar em milhões e milhões de estrelas, isso basta pra que ele seja feliz quando olha para ela. Ele pensa: "Minha flor está lá, em algum lugar..." Mas se o carneirinho come a flor, pra ele é como se de repente todas as estrelas se apagassem! E isso não é importante!

Ele não conseguiu dizer mais nada. De repente, explodiu em soluços. A noite havia caído. Eu tinha soltado minhas ferramentas. Pouco me importavam o martelo, o parafuso, a sede e a morte. Havia numa estrela, num planeta, o meu, a Terra, um pequeno príncipe para consolar! Eu o tomei nos braços. Eu o embalei. E lhe disse: "A flor que você ama não está em perigo... Vou desenhar uma focinheira para o seu carneirinho... Vou desenhar uma cerca para a sua flor... Eu..." Já não sabia mais o que dizer. Eu me sentia tão desastrado. Não sabia como chegar até ele, onde alcançá-lo... É tão misterioso o país das lágrimas.

CAPÍTULO 8

Aprendi bem rápido a conhecer melhor aquela flor. Sempre houve, no planeta do pequeno príncipe, flores muito simples, ornadas de uma só camada de pétalas, que não ocupavam espaço e nem incomodavam ninguém. Elas apareciam de manhã na relva e depois se extinguiam à noite. Mas aquela germinou um dia, de uma semente trazida não se sabe de onde, e o pequeno príncipe vigiou bem de perto esse raminho que não se parecia com os outros. Bem que podia ser um novo gênero de baobá. Mas o arbusto logo parou de crescer e começou a preparar uma flor. O pequeno príncipe, que assistia à instalação de um enorme botão, sentiu muito bem que dali sairia uma aparição milagrosa, mas a flor não acabava de se preparar para ser bela, no abrigo de seu quarto verde. Ela escolhia suas cores com cuidado. Vestia-se lentamente, ajustava uma a uma suas pétalas. Não queria sair toda amarrotada como as papoulas. Só queria aparecer em pleno brilho da sua beleza. Pois é! Ela era muito vaidosa! Assim, sua toalete misteriosa durou dias e mais dias. E, então, eis que, certa manhã, justamente na hora do nascer do sol, ela se exibiu.

E ela, que havia trabalhado com tanto rigor, disse bocejando:

– Ai, mal acabo de acordar... Desculpe... Ainda estou toda despenteada...

Então, o pequeno príncipe não conteve sua admiração:

– Como você é linda!

– Não é? – respondeu docemente a flor.
– E nasci ao mesmo tempo que o sol...

O pequeno príncipe logo percebeu que ela não era nada modesta, mas era tão emocionante!

– Acho que está na hora do café da manhã, foi logo acrescentando. Tenha a bondade de pensar em mim...

E o pequeno príncipe, bem confuso, buscou um regador com água fresca para servir a flor.

Assim, desde o início ela o atormentara com sua vaidade um tanto assustadora. Um dia, por exemplo, ao falar de seus quatro espinhos, dissera ao pequeno príncipe:

– Que venham os tigres com suas garras!

– Não tem tigres no meu planeta, respondera o pequeno príncipe. E, depois, os tigres não comem capim.

– Eu não sou capim, respondera docemente a flor.

– *Me* desculpe...

– Não tenho medo nenhum dos tigres, mas tenho horror de correntes de ar. Você não tem um para-vento?

"Horror de correntes de ar... que azar para uma planta", havia observado o pequeno príncipe. "Essa flor é bem complicada..."

– De noite, *me* ponha sob uma redoma. Faz muito frio na sua casa. É mal instalada. Lá de onde eu venho...

Mas se interrompeu. Ela chegara sob a forma de semente. Não podia conhecer nada dos outros mundos. Humilhada por ter sido surpreendida ao inventar uma mentira tão boba, tossiu

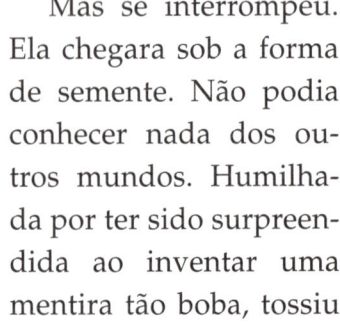

duas ou três vezes para confundir o pequeno príncipe:

– Esse para-vento?...

– Bem que eu ia procurar, mas você estava falando comigo!

Então ela forçou a tosse para, desse jeito, lhe dar remorsos.

Foi então que o pequeno príncipe, apesar da boa vontade de seu amor, logo começou a duvidar dela. Ele levara a sério palavras sem importância e acabou ficando muito infeliz.

"Eu não deveria ter escutado", me confessou ele um dia, "não se deve escutar as flores. Basta contemplá-las e sentir seu perfume. A minha perfumava meu planeta, mas eu não sabia me alegrar com isso. Aquela história de garras, que tanto me irritou, devia ter me comovido..."

Ele me confessou ainda:

"Naquela ocasião, eu não entendi nada! Eu devia ter julgado os seus atos, não as suas palavras. Ela me perfumava e me iluminava. Eu jamais deveria ter fugido! Deveria ter adivinhado sua ternura por trás de suas pobres artimanhas. As flores são tão contraditórias! Mas eu era jovem demais pra saber amar."

CAPÍTULO 9

Eu acho que para fugir ele se aproveitou de uma migração de pássaros selvagens. Na manhã da partida, pôs seu planeta em ordem. Limpou cuidadosamente os vulcões em atividade. Ele possuía dois vulcões ativos. Era bem cômodo para esquentar o café da manhã. Possuía também um vulcão extinto. Mas, como ele dizia, "Nunca se sabe!". Então limpou também o vulcão extinto. Se estiverem bem limpos, os vulcões queimam lenta e regularmente, sem erupções. As erupções vulcânicas são como chamas de lareiras. É claro que em nossa terra somos muito pequenos para limpar os vulcões. É por isso que eles nos causam tantos problemas.

O pequeno príncipe também arrancou, com um pouco de melancolia, os últimos rebentos de baobás. Ele pensava que jamais voltaria. Mas todas essas tarefas familiares lhe pareceram, naquela manhã, extremamente doces. E quando regou a flor pela última vez e se preparou para protegê-la sob a redoma, teve vontade de chorar.

– Adeus, disse ele à flor.

Mas ela não respondeu.

– Adeus, repetiu.

A flor tossiu. Mas não foi por causa do resfriado.

– Eu fui tola, disse ela, enfim. Peço perdão. Seja feliz.

Ele ficou surpreso com a ausência de repreensão. E ficou lá, desconcertado, com a redoma no ar. Ele não entendeu aquela doçura calma.

*"Então limpou também o vulcão extinto.
Se estiverem bem limpos, os vulcões queimam lenta
e regularmente, sem erupções."*

– Sim, eu amo você, disse a flor. Por minha culpa, você nunca soube. Isso não tem importância nenhuma. Mas você foi tão tolo quanto eu. Trate de ser feliz... Deixa essa redoma em paz. Não quero mais.

– Mas o vento...

– Já não estou tão resfriada... O ar fresco da noite vai me fazer bem. Sou uma flor.

– Mas os bichos...

– Preciso aguentar duas ou três larvas se eu quiser conhecer as borboletas. Parece que são tão bonitas... Se não, quem vem me visitar? Você estará longe. Quanto aos bichos grandes, não tenho medo. Tenho minhas garras.

E ela mostrava ingenuamente seus quatro espinhos. Depois acrescentou:

– Não fique zanzando por aí, é irritante. Você decidiu partir. Vá embora.

Pois ela não queria que ele a visse chorar. Era uma flor tão orgulhosa...

CAPÍTULO 10

Ele se encontrava na região dos asteroides 325, 326, 327, 328, 329 e 330. Assim, começou a visitá-los em busca de uma ocupação e para se instruir.

O primeiro era habitado por um rei. Ele estava sentado, vestido de púrpura e de arminho, num trono muito simples e, no entanto, majestoso.

– Ah, aqui está um súdito – exclamou o rei ao ver o pequeno príncipe.

E o pequeno príncipe se perguntou:

"Como é que ele pode me reconhecer se nunca me viu?"

Ele não sabia que, para os reis, o mundo é muito simplificado. Todos os homens são súditos.

– Aproxime-se para que eu o veja melhor – disse o rei, todo orgulhoso de ser rei para alguém.

O pequeno príncipe procurou onde se sentar, mas o planeta estava todo atravancado pelo magnífico manto de arminho. Então, ele ficou de pé e, como estava cansado, começou a bocejar.

– É contra a etiqueta bocejar na presença de um rei – disse o monarca. Eu te proíbo.

– Não posso me controlar – respondeu o pequeno príncipe, bem confuso. – Fiz uma longa viagem e não consegui dormir...

– Então – disse o rei –, eu ordeno que boceje. Não vejo ninguém bocejar há anos. Os bocejos são curiosidade para mim. Vamos, boceje mais! É uma ordem!

– Isso me intimida... não consigo mais... – disse o pequeno príncipe, corando.

– Hum! Hum! – respondeu o rei. – Então eu ordeno ora que boceje... ora que...

Ele gaguejou um pouco e parecia envergonhado.

Porque o rei fazia questão de que sua autoridade fosse respeitada. Ele não tolerava desobediência. Era um monarca absoluto. Mas, como era muito bom, dava ordens sensatas.

"Se eu ordenasse, dizia frequentemente, se eu ordenasse a um general que ele se transformasse numa ave marinha, e se o general não obedecesse, a culpa não seria do general, mas sim minha."

– Posso me sentar? – indagou timidamente o pequeno príncipe.

– Eu ordeno que se sente – respondeu o rei, puxando majestosamente uma aba de seu manto de arminho.

Mas o pequeno príncipe estava espantado. O planeta era minúsculo. O rei reinava sobre o quê?

– Majestade – disse ele –, peço perdão por lhe perguntar...

– Eu te ordeno que me pergunte – apressou-se em dizer o rei.

– Majestade..., o senhor reina sobre o quê?

– Sobre tudo – respondeu o rei com grande simplicidade.

– Sobre tudo?

Com um gesto discreto, o rei indicou o seu planeta, os outros e as estrelas.

– Sobre tudo isso? – disse o pequeno príncipe.

– Sobre tudo isso... – respondeu o rei.

Pois não era apenas um monarca absoluto, era um monarca universal.

– E as estrelas obedecem ao senhor?

– Claro! – disse o rei. – Elas me obedecem de imediato. Eu não tolero indisciplina.

Um tal poder maravilhou o pequeno príncipe. Se ele o tivesse, poderia assistir não a quarenta e quatro, mas a setenta e dois, ou mesmo a cem, ou mesmo a duzentos pores-do-sol no mesmo dia, sem ter de jamais arrastar a cadeira. E como ele se sentia triste, por causa de seu pequeno planeta abandonado, atreveu-se a pedir uma graça ao rei:

– Eu queria ver um pôr do sol... Me dê esse prazer... Ordene que o sol se ponha...

– Se eu mandasse um general voar de flor em flor, feito uma borboleta, ou escrever uma tragédia ou que se transformasse em ave marinha, e ele não cumprisse a ordem recebida, quem de nós dois seria o culpado?

— Seria o senhor — disse com firmeza o pequeno príncipe.

— Exato. É preciso exigir de cada um o que cada um pode dar, retomou o rei. A autoridade se baseia primeiro na razão. Se você ordenar a seu povo que se jogue no mar, ele vai se revoltar. Tenho direito de exigir obediência porque minhas ordens são razoáveis.

— E o meu pôr do sol? — lembrou o pequeno príncipe, que nunca esquecia uma pergunta que tivesse feito.

— Você vai ter o seu pôr do sol. Eu vou exigir. Mas vou esperar, na minha ciência de governo, que as condições sejam favoráveis.

— Quando vai ser isso? — perguntou o pequeno príncipe.

— Hum! Hum! — respondeu o rei, que consultou primeiro um grande calendário. Hum! Hum! Isso vai ser lá pelas... pelas... vai ser esta tarde, lá pelas 7 horas e quarenta! E você vai ver como me obedecem!

O pequeno príncipe bocejou. Ele lamentava seu pôr do sol frustrado. E, depois, já estava um pouco entediado:

— Não tenho mais nada pra fazer aqui — disse ele ao rei. — Vou embora.

— Não vá — disse o rei, que estava orgulhoso de ter um súdito. — Não vá, eu te faço ministro!

— Ministro de quê?

— De... da Justiça!

— Mas não tem ninguém pra ser julgado!

— Não sabemos — lhe disse o rei. Ainda não dei a volta no meu reino. Sou muito idoso, não tenho espaço para uma carruagem e me canso ao caminhar.

– Oh, mas eu já vi – disse o pequeno príncipe, debruçando-se para dar mais uma olhada no outro lado do planeta. – Também por lá não tem ninguém...

– Então você se julgará a si mesmo – respondeu o rei. – É o mais difícil. É muito mais difícil julgar a si mesmo do que julgar o outro. Se você conseguir se julgar corretamente, quer dizer que é um verdadeiro sábio.

– Posso me julgar em qualquer lugar. Não preciso morar aqui.

– Hum! Hum! – disse o rei. –Eu acho que no meu planeta tem um velho rato em algum lugar. Eu o ouço à noite. Você pode julgar esse rato. De tempos em tempos, você vai condená-lo à morte. Assim, a vida dele vai depender da sua justiça. Mas, toda vez, você vai perdoar para poupá-lo. Só existe um.

– Eu não gosto de condenar à morte. – respondeu o pequeno príncipe – E acho que vou embora.

– Não – disse o rei.

Mas o pequeno príncipe, tendo acabado seus preparativos, não quis entristecer o velho monarca:

– Se Vossa Majestade quisesse ser obedecido pontualmente, podia me dar uma ordem razoável. Podia me ordenar, por exemplo, partir antes de um minuto. Parece que as condições são favoráveis...

Como o rei não respondeu nada, o pequeno príncipe, de início, hesitou, depois partiu com um suspiro.

– Eu faço você meu embaixador – apressou-se então em gritar o rei.

Ele tinha um ar de grande autoridade.

"Os adultos são bem estranhos", disse com seus botões o pequeno príncipe, durante sua viagem.

CAPÍTULO 11

O segundo planeta era habitado por um vaidoso:

– Ah! Ah! Temos a visita de um admirador! – gritou de longe o vaidoso, assim que viu o pequeno príncipe.

Pois, para os vaidosos, os outros homens são admiradores.

– Bom dia, disse o pequeno príncipe. O senhor está com um chapéu engraçado.

– É para cumprimentar – disse o vaidoso. – É para saudar quando me aclamam. Infelizmente, nunca passa ninguém por aqui.

– Ah, é? – disse o pequeno príncipe, que não entendeu.

– Bata suas mãos uma contra a outra – aconselhou então o vaidoso.

O pequeno príncipe bateu as mãos uma contra a outra. O vaidoso o saudou modestamente, tirando o chapéu.

"Isso é mais divertido do que a visita ao rei", pensou o pequeno príncipe. E recomeçou a aplaudir. O vaidoso recomeçou a saudar tirando o chapéu.

Depois de cinco minutos de exercício, o pequeno príncipe se cansou da monotonia daquela brincadeira:

– E para o chapéu cair – perguntou –, precisa fazer o quê?

Mas o vaidoso não o ouviu. Os vaidosos ouvem apenas os elogios.

– Você me admira mesmo, de verdade? – perguntou ao pequeno príncipe.

– O que quer dizer admirar?

– Admirar significa reconhecer que sou o homem mais bonito, o mais elegante, o mais rico e o mais inteligente do planeta!

– Mas você está sozinho no seu planeta!

– Faça-me um favor. Admire-me assim mesmo!

– Eu admiro você – disse o pequeno príncipe, dando de ombros –, mas que interesse tem isso?

E o pequeno príncipe partiu.

"Decididamente, os adultos são bem estranhos", pensou consigo durante a viagem.

CAPÍTULO 12

O planeta seguinte era habitado por um bêbado. Essa visita foi bem curta, mas mergulhou o pequeno príncipe em grande melancolia:

– O que é que você está fazendo aí? – disse ele ao bêbado que encontrou em silêncio diante de uma coleção de garrafas vazias e de uma coleção de garrafas cheias.

– Eu estou bebendo – declarou o bêbado, com ar lúgubre.

– Por que você bebe? – perguntou-lhe o pequeno príncipe.

– Para esquecer – respondeu o bêbado.

– Pra esquecer o quê? – indagou o pequeno príncipe, já com pena dele.

– Para esquecer que tenho vergonha – confessou o bêbado, baixando a cabeça.

– Vergonha de quê? – perguntou o pequeno príncipe, querendo ajudá-lo.

– Vergonha de beber! – concluiu o bêbado, fechando-se em copas.

E o pequeno príncipe foi-se embora, perplexo.

"Os adultos são, decididamente, muito, muito estranhos", pensou consigo durante a viagem.

CAPÍTULO 13

O quarto planeta era o do homem de negócios. Esse homem era tão ocupado, que nem mesmo levantou a cabeça quando o pequeno príncipe chegou.

– Bom dia – disse este –, seu cigarro está apagado.

– Três e dois são cinco. Cinco e sete, doze. Doze e três, quinze. Bom dia. Quinze e sete, vinte e dois. Vinte e dois e seis, vinte e oito. Não tenho tempo de acender. Vinte e seis e cinco, trinta e um. Ufa! Logo, no total, dá quinhentos e um milhões, seiscentos e vinte e dois mil, setecentos e trinta e um.

– Quinhentos milhões de quê?

– Hein? Você ainda está aí? Quinhentos e um milhões de... Nem sei mais... Tenho tanto trabalho! Sou sério, não me divirto com bobagens! Dois e cinco, sete...

– Quinhentos e um milhões de quê? – repetiu o pequeno príncipe, que nunca em sua vida renunciava a uma pergunta que tivesse feito.

O homem de negócios levantou a cabeça:

– Faz cinquenta e quatro anos que moro neste planeta, e só fui incomodado três vezes. A primeira vez foi vinte e dois anos atrás, por um besouro que caiu só Deus sabe de onde. Ele fazia um barulho terrível, e eu cometi quatro erros numa soma. A segunda vez faz onze anos, por uma crise de reumatismo. Não faço exercício. Não tenho tempo de vadiar. Eu sou sério. A terceira vez... é esta! Então, eu dizia quinhentos e um milhões...

– Milhões de quê?

O homem de negócios compreendeu que não teria paz:

– Milhões dessas coisas pequeninas que às vezes vemos no céu.

– Moscas?

– Nem pensar, pequeninas coisas que brilham.

– Abelhas?

– Nada disso. Pequeninas coisas douradas que fazem os desocupados sonhar. Mas eu sou sério! Não tenho tempo para devaneios.

– Ah! Estrelas?

– Isso mesmo. Estrelas.

– E o que é que você faz com quinhentos milhões de estrelas?

– Quinhentos e um milhões, seiscentas e vinte e duas mil, setecentas e trinta e uma. Eu sou sério. Sou exato.

– E o que é que você faz com essas estrelas?

– O que eu faço com elas?

– Isso.

– Nada. Eu as possuo.

– Você possui as estrelas?

– Sim.

– Mas eu já vi um rei que...

– Os reis não possuem. Eles "reinam" sobre. É muito diferente.

– E pra que serve possuir as estrelas?

– Serve para eu ser rico.

– E pra que serve ser rico?

– Para comprar outras estrelas, se alguém encontrar.

"Esse daí", pensou o pequeno príncipe, "raciocina um pouco como o meu bêbado."No entanto, ele ainda fez outra pergunta:

– Como é que a gente possui estrelas?

– Elas são de quem? – reagiu, irritado, o homem de negócios.

– Não sei. De ninguém.

– Então, elas são minhas. Fui o primeiro a pensar nisso.

– Isso basta?

– Claro! Quando você acha um diamante que não é de ninguém, ele é seu. Quando acha uma ilha que não é de ninguém, ela é sua. Quando tem uma ideia primeiro, tira a patente: ela é sua. E eu possuo as estrelas, pois ninguém antes de mim pensou nisso.

– Isso é verdade – disse o pequeno príncipe. – E o que é que você faz com elas?

– Eu as administro. Eu as conto e reconto, disse o homem de negócios. É difícil. Mas eu sou um homem sério.

O pequeno príncipe ainda não estava satisfeito.

– Se eu tenho um lenço, posso colocar em volta do pescoço e levar. Se eu tenho uma flor, posso colher minha flor e levar. Mas você não pode colher as estrelas.

– Não, mas eu posso guardá-las no banco.

– E o que quer dizer isso?

– Isso quer dizer que escrevo num papelzinho o número de estrelas que tenho. Depois tranco esse papel à chave numa gaveta.

– Só isso?

– E basta.

"É divertido", pensou o pequeno príncipe. "É muito poético. Mas não é sério."O pequeno príncipe tinha sobre as coisas sérias ideias muito diferentes daquelas dos adultos.

– Eu, disse ele ainda, tenho uma flor que rego todos os dias. Tenho três vulcões que limpo toda semana. Pois eu limpo também o que está extinto. Nunca se sabe. É útil aos meus vulcões, é útil à minha flor que eu os possua. Mas você não é útil às suas estrelas...

O homem de negócios abriu a boca, mas não achou nada para responder, e o pequeno príncipe foi embora.

"Os adultos são, decididamente, bem extraordinários", pensou ele simplesmente durante a viagem.

CAPÍTULO 14

O quinto planeta era muito curioso. O menor de todos. Lá só havia espaço para abrigar um lampião e um acendedor de lampiões. O pequeno príncipe não conseguia entender para que podiam servir em algum lugar do céu, num planeta sem casa, sem população, um lampião e um acendedor de lampiões. Mas, mesmo assim, pensou:

"Esse homem talvez seja absurdo. No entanto, ele é menos absurdo do que o rei, do que o vaidoso, do que o homem de negócios e o bêbado. Pelo menos seu trabalho faz algum sentido. Quando ele acende seu lampião, é como se fizesse nascer uma estrela a mais, ou uma flor. Quando apaga seu lampião, adormece a flor ou a estrela. É uma ocupação muito bonita. É útil de verdade porque é bonita."

Quando ele chegou ao planeta, cumprimentou respeitosamente o acendedor:

– Bom dia. Por que é que acabou de apagar o lampião?

– É a norma – respondeu o acendedor. – Bom dia.

– Qual é a norma?

– É para apagar meu lampião. Boa noite.

E o acendeu outra vez.

– Mas por que é que você acendeu de novo?

– É a norma – disse o acendedor.

– Não estou entendendo – disse o pequeno príncipe.

– Não há o que entender – disse o acendedor. – Norma é norma. Bom dia.

E apagou o lampião.

Depois, enxugou a testa com um lenço vermelho quadriculado.

– Tenho um trabalho terrível. Antigamente era razoável. Eu apagava de manhã e acendia à noite. Tinha o resto do dia para descansar e o resto da noite para dormir...

– E, a partir dessa época, a norma mudou?

– A norma não mudou, disse o acendedor. Esse é que é o drama! A cada ano, o planeta girou cada vez mais rápido e a norma não mudou!

– E daí? – disse o pequeno príncipe.

– E daí que, agora que ele dá uma volta por minuto, não tenho mais um segundo de descanso. Acendo e apago uma vez por minuto!

– Isso é engraçado! Os dias aqui duram um minuto!

*"Tenho um trabalho terrível. Antigamente era melhor.
Eu apagava de manhã e acendia à noite."*

— Não tem nada de engraçado — disse o acendedor. Já faz um mês que estamos conversando.

— Um mês?

— Sim. Trinta minutos. Trinta dias! Boa noite.

E acendeu outra vez o lampião.

O pequeno príncipe olhou para ele e gostou daquele acendedor tão fiel à norma. E se lembrou dos pores do sol que ele mesmo procurava antigamente arrastando sua cadeira. E quis ajudar seu amigo.

— Sabe... eu sei como você pode descansar quando quiser...

— Eu sempre quero — disse o acendedor.

Porque é possível ser, ao mesmo tempo, fiel e preguiçoso.

O pequeno príncipe continuou.

— Seu planeta é tão pequeno que você dá a volta nele com três passadas. É só andar bem lentamente pra ficar sempre ao sol. Quando quiser descansar, você vai andar... e o dia vai durar quanto tempo você quiser.

— Isso não adianta muito — disse o acendedor. O que eu mais gosto na vida é de dormir.

— Não tem jeito — disse o pequeno príncipe.

— Não tem jeito — disse o acendedor. — Bom dia.

E apagou seu lampião.

"Esse daí", pensou o pequeno príncipe, enquanto seguia em sua viagem, "seria desprezado por todos os outros, pelo rei, pelo vaidoso, pelo bêbado, pelo homem de negócios. Mas é o único que não me parece ridículo. Talvez porque ele se ocupa de outra coisa além de si mesmo."

Deu um suspiro de pesar e pensou ainda:

"Esse daí é o único que poderia ser meu amigo. Mas seu planeta é mesmo muito pequeno. Não tem lugar pra dois..."

O que o pequeno príncipe não ousava confessar é que ele sentiria falta daquele planeta abençoado, principalmente, por causa dos mil quatrocentos e quarenta pores do sol em vinte e quatro horas!

CAPÍTULO 15

O sexto planeta era dez vezes maior. Nele habitava um senhor que escrevia livros enormes.

– Veja só! Aqui está um explorador! – exclamou ele quando viu o pequeno príncipe.

O pequeno príncipe sentou-se na mesa e ofegou um pouco. Ele já tinha viajado tanto!

– De onde você está vindo? – disse-lhe o velho senhor.

– Que livro enorme é esse? – disse o pequeno príncipe.
– O que é que o senhor faz aqui?

– Sou um geógrafo – disse o velho senhor.

– O que é um geógrafo?

– É um estudioso que sabe onde ficam os mares, os rios, as montanhas, as cidades e os desertos.

– Isso é muito interessante – disse o pequeno príncipe.
– Enfim, uma verdadeira profissão!

E deu uma olhada a seu redor no planeta do geógrafo. Ele nunca tinha visto planeta tão majestoso.

– O seu planeta é lindo. Tem oceanos?

– Não posso saber – disse o geógrafo.

– Ah! (O pequeno príncipe estava decepcionado). E montanhas?

– Não posso saber – disse o geógrafo.

– E cidades e rios e desertos?

– Também não posso saber – disse o geógrafo.

– Mas o senhor é geógrafo!

– Exato, disse o geógrafo. Mas não sou explorador. Tenho falta total de exploradores. Não é o geógrafo que vai contar cidades, rios, montanhas, mares, oceanos e desertos. O geógrafo é muito importante para ficar vagando por aí. Ele não sai de seu gabinete. Mas recebe ali os exploradores. Ele os interroga e toma nota de suas lembranças. E se as lembranças de um deles lhe parecem interessantes, o geógrafo manda fazer uma pesquisa sobre o caráter do explorador.

– Por que isso?

– Porque um explorador mentiroso causaria catástrofes nos livros de geografia. Assim como um que bebesse muito.

– Por que isso? – indagou o pequeno príncipe.

– Porque os bêbados veem dobrado. Então o geógrafo registraria duas montanhas onde só existe uma.

– Eu conheço alguém – disse o pequeno príncipe –, que seria um mau explorador.

– É possível. Portanto, quando o caráter do explorador parece bom, fazemos uma pesquisa sobre a sua descoberta.

– Vão ver?

– Não, é muito complicado. Mas exigimos que ele forneça provas. Se, por exemplo, se tratar da descoberta de uma grande montanha, exigimos que ele traga grandes pedras de lá.

De repente, o geógrafo se emocionou.

– Mas você vem de longe! É um explorador! Vai me descrever seu planeta!

E, abrindo o livro, o geógrafo apontou o lápis. Primeiro, se anota a lápis as narrativas dos exploradores. Para anotar à tinta, espera-se que o explorador apresente provas.

– E então? – interrogou o geógrafo.

– Oh! – disse o pequeno príncipe –, onde vivo não é muito interessante, é bem pequeno. Tenho três vulcões. Dois em atividade e um extinto. Mas nunca se sabe.

– Nunca se sabe – disse o geógrafo.

– Também tenho uma flor.

– Não registramos flores – disse o geógrafo.

– Como assim? É o mais bonito!

– Porque as flores são efêmeras.

– O que quer dizer "efêmera"?

– Os livros de geografia são os mais preciosos de todos. Nunca saem de moda. É muito raro uma montanha mudar de lugar. É muito raro um oceano se esvaziar. Nós escrevemos coisas eternas.

– Mas os vulcões extintos podem despertar – interrompeu o pequeno príncipe. – O que quer dizer "efêmera"?

– Que os vulcões estejam extintos ou em erupção para nós é a mesma coisa, disse o geógrafo. O que vale para nós é a montanha. Ela não muda.

– Mas o que quer dizer "efêmera"? – repetiu o pequeno príncipe, que em sua vida jamais desistiu de uma pergunta que tivesse feito.

– Significa "que está ameaçado de próxima extinção".

– Minha flor está ameaçada de próxima extinção?

– Claro.

"Minha flor é efêmera", pensou o pequeno príncipe, "e ela só tem quatro espinhos pra se defender do mundo! E eu a deixei sozinha lá onde moro!"

Essa foi sua primeira reação de remorso. Mas ele retomou a coragem:

– O que é que o senhor me aconselha visitar? – perguntou.

– O planeta Terra – respondeu o geógrafo. – Ele tem boa reputação...

E o pequeno príncipe partiu, pensando em sua flor.

CAPÍTULO 16

Logo, o sétimo planeta foi a Terra.

A Terra não é um planeta qualquer! Aqui se contam 111 reis (não esquecendo, claro, os reis negros), 7 mil geógrafos, 900 mil homens de negócios, 7 milhões e meio de bêbados, 311 milhões de vaidosos, ou seja, uns 2 bilhões de adultos.

Para dar uma noção das dimensões da Terra, eu lhes direi que, antes da invenção da eletricidade, devia-se manter, no conjunto dos seis continentes, um verdadeiro exército de 462.511 acendedores.

Visto de longe, fazia um efeito esplêndido. Os movimentos desse exército eram definidos como os de um balé clássico. Primeiro era a vez dos acendedores da Nova Zelândia e da Austrália. Estes, depois de terem acendido seus lampiões, iam dormir. Então, por sua vez, entravam na dança os acendedores da China e da Sibéria. Depois, eles também se escondiam nos bastidores. E daí era a vez dos acendedores da Rússia e das Índias. Depois os da África e da Europa. Depois, os da América do Sul. Depois, os da América do Norte. E nunca se enganavam na ordem de entrada em cena. Era grandioso.

Somente o acendedor do único lampião do Polo Norte e seu colega do único lampião do Polo Sul levavam uma vida de preguiça e indolência: eles só trabalhavam duas vezes por ano.

CAPÍTULO 17

Quando alguém quer ser espirituoso, acontece de mentir um pouco. Não fui muito honesto ao lhes falar dos acendedores. Eu me arrisco a dar uma falsa ideia de nosso planeta aos que não o conhecem. Os homens ocupam pouco espaço na Terra. Se os 2 bilhões de habitantes que povoam esse planeta ficassem de pé e um pouco apertados, como para um encontro, eles caberiam facilmente numa praça pública de 20 milhas de comprimento por 20 milhas de largura. Daria para amontoar a humanidade na menor ilhota do Pacífico.

Os adultos, claro, não vão acreditar em vocês. Eles imaginam que ocupam muito espaço. Eles se acham tão importantes quanto os baobás. Então digam a eles para fazerem o cálculo. Eles adoram números: vão gostar disso. Mas não percam tempo nesse trabalho. É inútil. Confiem em mim.

Uma vez na Terra, o pequeno príncipe ficou, portanto, muito surpreso ao não ver ninguém. Ele já estava com medo de ter se enganado de planeta quando um anel cor de lua se mexeu na areia.

– Boa noite – disse o pequeno príncipe por acaso.

– Boa noite – respondeu a serpente.

– Em qual planeta eu caí? – perguntou o pequeno príncipe.

– Na Terra, na África – respondeu a serpente.

– Ah!... Então não tem ninguém na Terra?

– Aqui é o deserto. Não há ninguém nos desertos. A Terra é grande, disse a serpente.

Uma vez na Terra, o pequeno príncipe ficou muito
surpreso ao não ver ninguém. Ele já estava com medo
de ter se enganado de planeta.

O pequeno príncipe se sentou numa pedra e olhou para o céu:

– Eu me pergunto – disse ele –, se as estrelas são iluminadas pra que cada um possa um dia reencontrar a sua. Olhe o meu planeta. Está bem acima de nós... Mas como está longe!

– É belo, disse a serpente. O que você veio fazer aqui?

– Tenho problemas com uma flor – disse o pequeno príncipe.

– Ah! – fez a serpente.

E eles se calaram.

– Onde estão os homens? – retomou, enfim, o pequeno príncipe. – A gente se sente um pouco só no deserto.

– A gente também se sente só entre os homens – replicou a serpente.

O pequeno príncipe a olhou por um bom tempo.

– Você é um bicho engraçado – disse-lhe finalmente –, fino como um dedo...

– Mas sou mais poderosa do que o dedo de um rei – disse a serpente.

O pequeno príncipe sorriu:

– Você não é tão poderosa assim... nem mesmo tem patas..., nem pode viajar...

– Eu posso levar você mais longe do que um navio – disse a serpente.

Ela se enrolou no tornozelo do pequeno príncipe, como se fosse uma pulseira de ouro.

– Aquele em quem eu toco, devolvo à terra de onde saiu – disse ela ainda. – Mas você é puro e vem de uma estrela...

"Você é um bicho engraçado, fino como um dedo..."

O pequeno príncipe não respondeu nada.

– Você me dá pena, tão frágil nesta Terra de granito. Posso lhe ajudar algum dia se você sentir muita falta do seu planeta... Eu posso...

– Oh! Já entendi – disse o pequeno príncipe. –Mas por que é que você fala sempre por enigmas?

– Eu decifro todos eles – disse a serpente.

E eles se calaram.

CAPÍTULO 18

O pequeno príncipe atravessou o deserto e encontrou apenas uma flor. Uma flor com três pétalas, uma florzinha de nada...

– Bom dia – disse o pequeno príncipe.

– Bom dia – disse a flor.

– Onde estão os homens? – perguntou educadamente o pequeno príncipe.

A flor, um dia, tinha visto uma caravana passar.

– Os homens? Acho que tem uns seis ou sete. Eu os vi há anos. Mas nunca se sabe onde encontrá-los. O vento os leva. Eles ficam sem raízes, e isso os perturba muito.

– Adeus – disse o pequeno príncipe.

– Adeus – disse a flor.

CAPÍTULO 19

O pequeno príncipe escalou uma alta montanha. As únicas montanhas que ele conhecera foram os três vulcões que lhe chegavam até o joelho. Ele usava o vulcão extinto como tamborete. "De uma montanha como esta", pensou, "avistarei de uma só vez, todo o planeta e todos os homens..." Mas ele viu apenas agulhas de rocha bem pontiagudas.

– Bom dia – disse ao acaso.

– Bom dia... Bom dia... Bom dia... – respondeu o eco.

– Quem são vocês? – disse o pequeno príncipe.

– Quem são vocês... Quem são vocês... Quem são vocês... – respondeu o eco.

– Sejam meus amigos, estou só – disse ele.

– Estou só... Estou só... Estou só... – respondeu o eco.

"Que planeta estranho!", ele pensou. "É todo seco, todo pontiagudo e todo salgado. E os homens não têm imaginação. Eles repetem o que a gente diz... No meu planeta tinha uma flor: ela sempre era a primeira a falar..."

CAPÍTULO 20

Mas aconteceu que o pequeno príncipe, que andara por muito tempo pelas areias, rochas e neves, descobriu enfim uma estrada. E todas as estradas levam até os homens.

– Bom dia – disse ele.

Era um jardim cheio de rosas.

– Bom dia – disseram as rosas.

O pequeno príncipe as observou. Todas elas se pareciam com a sua flor.

– Quem são vocês? – perguntou pra lá de surpreso.

– Somos rosas – disseram as rosas.

– Ah! – fez o pequeno príncipe...

E ele se sentiu muito infeliz. Sua flor lhe dissera que era a única de sua espécie no universo. E eis que havia 5 mil, todas iguais, num mesmo jardim!

"Ela ia ficar muito envergonhada", pensou ele, "se visse isso... ia tossir muito e se fingir de morta pra escapar do ridículo. E eu seria obrigado a fingir cuidar dela porque, senão, pra me humilhar, ela seria capaz de morrer de verdade..."

Depois ele ainda pensou: "Eu me achava rico, com uma flor única e possuo apenas uma rosa qualquer. Isso e meus

"Que planeta estranho! É todo seco, todo pontiagudo e todo salgado."

três vulcões que me chegam ao joelho e um que, talvez, esteja extinto pra sempre, o que não faz de mim um grande príncipe..." E, deitado na relva, ele chorou.

CAPÍTULO 21

Então foi aí que a raposa apareceu.

– Bom dia – disse a raposa.

– Bom dia – respondeu com educação o pequeno príncipe, que se virou, mas não viu nada.

– Eu estou aqui – disse a voz, debaixo do pé de maçã.

– Quem é você? – disse o pequeno príncipe. – Você é bem bonita...

– Sou uma raposa – disse a raposa.

– Vem brincar comigo – convidou o pequeno príncipe. – Eu estou tão triste...

– Não posso brincar com você – disse a raposa. – Não fui cativada.

– Ah! Desculpe – disse o pequeno príncipe.

Mas, depois de refletir, acrescentou:

– O que quer dizer "cativar"?

– Você não é daqui – disse a raposa. – O que está procurando?

– Procuro os homens – disse o pequeno príncipe. – O que quer dizer "cativar"?

– Os homens – disse a raposa – têm espingardas e caçam. É bem incômodo. Também criam galinhas. Só querem saber disso. Você está procurando galinhas?

– Não – disse o pequeno príncipe. – Eu procuro amigos. O que quer dizer "cativar"?

– É uma coisa muito esquecida – disse a raposa. – Significa "criar laços..."

– Criar laços?

– Isso mesmo – disse a raposa. – Para mim, você é apenas um menino, igual a cem mil meninos. Eu não preciso de você. E nem você precisa de mim. Para você, sou apenas uma raposa igual a cem mil raposas. Mas, se você me cativar, vamos sentir falta um do outro. Para mim, você vai ser único no mundo. Eu vou ser única no mundo para você...

– Estou começando a entender – disse o pequeno príncipe.
– Tem uma flor... acho que ela me cativou...

– É possível – disse a raposa. – A gente vê de tudo na Terra...

– Oh, não foi na Terra – disse o pequeno príncipe.

A raposa pareceu muito intrigada:

– Foi em outro planeta?

– Foi.

– Tem caçadores lá nesse planeta?

– Não.

– Que interessante! E galinhas?

– Também não.

– Nada é perfeito – suspirou a raposa.

Mas a raposa retomou seu raciocínio:

– Minha vida é monótona. Eu caço galinhas, os homens me caçam. Todas as galinhas se parecem e todos os homens se parecem. Logo, eu me chateio um pouco. Mas se você me cativar, minha vida vai ser ensolarada. Vou conhecer um barulho de passos que será diferente de todos os outros. Os outros passos me fazem entrar debaixo da terra. O seu me chamará para fora da toca, como uma música. E depois, olha só! Está vendo lá longe os campos de trigo? Eu não como pão. O trigo para mim é inútil. Os campos de trigo não me lembram nada. E isso é triste. Mas você tem cabelos cor de ouro. E vai ser maravilhoso quando você tiver me cativado. O trigo, que é dourado, vai me fazer lembrar de você. E eu vou amar o ruído do vento no campo de trigo...

A raposa calou-se e fitou longamente o pequeno príncipe.

– Por favor... me cative! – disse ela.

– Bem que eu gostaria – respondeu o pequeno príncipe –, mas não tenho muito tempo. Tenho amigos a descobrir e muita coisa pra conhecer.

– A gente só conhece aquilo que cativa – disse a raposa. – Os homens não têm mais tempo de conhecer nada. Eles compram coisas prontas dos comerciantes. Mas como não há comerciantes de amigos, os homens não têm mais amigos. Se você quer um amigo, me cative!

– O que é que eu preciso fazer? – perguntou o pequeno príncipe.

– É preciso ser muito paciente – respondeu a raposa. Primeiro você vai se sentar um pouco longe de mim, assim, na relva. Eu vou te olhar com o canto do olho e você não vai falar nada. A linguagem é fonte de mal-entendidos. Mas, a cada dia, você pode se sentar um pouco mais perto...

No dia seguinte, o pequeno príncipe voltou.

– Seria melhor voltar na mesma hora – disse a raposa. – Se você chegar, por exemplo, às quatro da tarde, desde às três eu começo a ficar feliz. Com o passar do tempo, vou ficar mais feliz. Às 4h, então, vou ficar agitada e inquieta; vou descobrir o preço da felicidade. Mas se você vem a qualquer hora, eu nunca vou saber quando preparar meu coração... É preciso ritos.

– O que é um rito? – perguntou o pequeno príncipe.

– Também é uma coisa muito esquecida – disse a raposa. É o que faz um dia ser diferente dos outros; uma hora, das outras. Tem um rito, por exemplo, entre os meus caçadores. Eles dançam toda quinta-feira com as moças do vilarejo. Então, quinta-feira é um dia maravilhoso! Eu vou passear nos vinhedos. Se os caçadores dançassem a qualquer momento, os dias seriam parecidos e eu não teria folga.

Foi assim que o pequeno príncipe cativou a raposa. E quando a hora da partida chegou:

– Ah! – disse a raposa... – Eu vou chorar.

– A culpa é sua – disse o pequeno príncipe –, eu não te desejava nenhum mal, mas você quis que eu te cativasse...

– Claro – disse a raposa.

– Mas você vai chorar! – disse o pequeno príncipe.

– Claro – disse a raposa.

– Então, você não ganha nada com isso!

– Eu ganho – disse a raposa –, por causa da cor do trigo.

Depois ela acrescentou:

– Vá rever as rosas. Você vai entender que a sua é única no mundo. Vai voltar para me dizer adeus e eu vou te dar um segredo de presente.

"Se você chegar, por exemplo, às quatro da tarde, desde às três eu começo a ficar feliz."

O pequeno príncipe foi rever as rosas.

– Vocês não parecem nada com a minha flor, vocês não são nada ainda – ele lhes disse. – Ninguém cativou vocês e vocês não cativaram ninguém. Vocês são como era a minha raposa. Ela era uma raposa parecida com outras cem mil. Mas eu fiz dela minha amiga e agora ela é única no mundo.

E as rosas ficaram bem incomodadas.

– Vocês são bonitas, mas vazias – lhes disse ainda. – Não se pode morrer por vocês. Quanto à minha rosa, alguém que passasse acharia que ela se parece com vocês, claro. Mas ela sozinha é mais importante do que vocês todas porque eu a reguei. Porque foi ela que eu protegi sob a redoma. Porque foi ela que eu abriguei com o para-vento. Porque foi dela que eu tirei as larvas (exceto duas ou três para as borboletas). Porque foi ela que escutei se lamentar, ou se vangloriar, ou mesmo se calar, às vezes. Porque ela é a minha rosa.

E ele voltou até a raposa:

– Adeus – disse ele...

– Adeus – disse a raposa. – Eis o meu segredo. É bem simples: só se vê bem com o coração. O essencial é invisível aos olhos.

– O essencial é invisível aos olhos – repetiu o pequeno príncipe, a fim de se lembrar.

– Foi o tempo que você perdeu com sua rosa que a tornou tão importante.

– Foi o tempo que eu perdi com a minha rosa... – repetiu o pequeno príncipe, a fim de se lembrar.

"Eu sou responsável por minha rosa...",
repetiu o pequeno príncipe, a fim de se lembrar.

– Os homens esqueceram essa verdade – disse a raposa. – Mas você não deve esquecer. Você se torna responsável para sempre pelo que cativou. Você é responsável por sua rosa...

– Eu sou responsável por minha rosa... – repetiu o pequeno príncipe, a fim de se lembrar.

CAPÍTULO 22

– Bom dia – disse o pequeno príncipe.

– Bom dia – disse o manobrista de trem.

– O que é que você faz aqui? – perguntou o pequeno príncipe.

– Faço a triagem dos passageiros por blocos de mil – disse o manobrista. – Despacho os trens que os conduzem, tanto para a direita como para a esquerda.

E um trem rápido e iluminado, ribombando como o trovão, fez a cabine de controle tremer.

– Eles estão bem apressados – disse o pequeno príncipe. – O que é que procuram?

– Nem mesmo o maquinista sabe – disse o manobrista.

E, no sentido inverso, ribombou outro trem rápido e iluminado.

– Eles já estão voltando? – perguntou o pequeno príncipe...

– Não são os mesmos – disse o manobrista. – É uma troca.

– Eles não estavam satisfeitos, lá onde estavam?

– A gente nunca está satisfeito onde está – disse o manobrista.

E ribombou o trovão de um terceiro trem rápido e iluminado.

– Eles estão perseguindo os primeiros passageiros? – perguntou o pequeno príncipe.

– Eles não perseguem nada – disse o manobrista. – Eles dormem lá dentro ou então bocejam. Só as crianças achatam o nariz contra a vidraça.

– Só as crianças sabem o que buscam – disse o pequeno príncipe. – Elas perdem tempo com uma boneca de trapos, que acaba sendo muito importante, e se alguém toma a boneca, elas choram...

– Elas têm é sorte – disse o manobrista.

CAPÍTULO 23

– Bom dia – disse o pequeno príncipe.

– Bom dia – disse o vendedor.

Era um vendedor de pílulas aperfeiçoadas para saciar a sede. Toma-se uma por semana, e não se tem mais vontade de beber.

– Por que é que você vende isso? – perguntou o pequeno príncipe.

– É uma grande economia de tempo – disse o vendedor. – Os especialistas fizeram cálculos. Dá para economizar cinquenta e três minutos por semana.

– E o que é que a gente faz com esses cinquenta e três minutos?

– Faz o que quiser...

– "Eu", pensou o pequeno príncipe, "se tivesse cinquenta e três minutos pra gastar, andaria calmamente até uma fonte..."

CAPÍTULO 24

Estávamos no oitavo dia da minha pane no deserto e eu tinha ouvido a história do vendedor bebendo a última gota da minha provisão de água:

– Ah – disse eu ao pequeno príncipe –, suas lembranças são muito bonitas, mas ainda não consertei meu avião, não tenho mais água para beber e ficaria feliz em andar calmamente até uma fonte!

– Minha amiga raposa me disse...

– Meu menino, chega de falar da raposa!

– Por quê?

– Porque vamos morrer de sede...

Ele não entendeu meu raciocínio e respondeu:

– Foi bom ter tido um amigo, mesmo se vamos morrer. Eu estou bem feliz por ter tido uma amiga raposa...

"Ele não tem noção do perigo", pensei. "Nunca teve fome nem sede. Um pouco de sol lhe basta..."

Ele me olhou e respondeu ao meu pensamento:

– Eu também estou com sede... Vamos procurar um poço...

Fiz um gesto de cansaço: é um absurdo procurar um poço, ao acaso, na imensidão do deserto. Mesmo assim, nos pusemos a caminho.

Depois de caminharmos horas em silêncio, a noite caiu e as estrelas começaram a se iluminar. Eu as via como em sonho, com um pouco de febre, por causa da sede. As palavras do pequeno príncipe dançavam em minha memória:

– Então você também está com sede? – perguntei.

Mas ele não respondeu minha pergunta. E me disse simplesmente:

– A água também pode ser boa para o coração...

Não entendi sua resposta, mas me calei... Eu sabia que não adiantava interrogá-lo.

Ele estava cansado. Sentou-se. Eu me sentei perto dele. E, após um silêncio, ele ainda disse:

– As estrelas são belas por causa de uma flor que não se vê...

Eu respondi "claro" e olhei, sem falar, os plissados da areia sob a lua.

– O deserto é lindo... – ele acrescentou...

E era verdade. Eu sempre amei o deserto. A gente se senta numa duna de areia. Não se vê nada. Não se ouve nada. E, no entanto, alguma coisa resplandece em silêncio...

– O que embeleza o deserto – disse o pequeno príncipe – é que ele esconde um poço em algum lugar...

Fiquei surpreso ao compreender, de repente, aquele misterioso brilho da areia. Quando eu era criança, morava numa casa antiga e rezava a lenda que ali havia um tesouro escondido. Claro, jamais alguém soube descobri-lo, nem talvez o tenha procurado. Mas ele encantava aquela casa inteira. Minha casa escondia um segredo no fundo do coração...

– Sim – disse eu ao pequeno príncipe –, quer se trate da casa, das estrelas ou do deserto, o que faz sua beleza é invisível!

– Fico feliz – disse ele – por você concordar com a minha raposa.

Como o pequeno príncipe estava adormecendo, eu o tomei nos braços e continuei a caminhar. Fiquei comovido. Parecia que eu carregava um tesouro frágil. Parecia mesmo que não havia nada de mais frágil sobre a Terra. Eu olhava, à luz da lua, aquela fronte pálida, aqueles olhos fechados, aquelas mechas de cabelo que tremulavam ao vento, e pensava: "O que estou vendo aqui é só uma casca. O mais importante é invisível..."

Como seus lábios entreabertos esboçassem um leve sorriso, pensei: "O que mais me emociona nesse pequeno príncipe adormecido é sua fidelidade a uma flor, é a imagem de uma rosa que resplandece nele, como a chama de uma lamparina, mesmo adormecido..." E eu o percebi ainda mais frágil. É preciso proteger as lamparinas: uma corrente de ar pode apagá-las...

E assim, caminhando, descobri o poço ao amanhecer.

CAPÍTULO 25

– Os homens – disse o pequeno príncipe – se enfurnam nos trens rápidos, mas não sabem mais o que procuram. Então, se agitam e andam em círculos...

E acrescentou:

– É inútil...

O poço ao qual chegamos não era parecido com os poços do Saara. Estes são simples buracos cavados na areia. Aquele parecia um poço de aldeia. Mas por ali não havia nenhuma aldeia e achei que estava sonhando.

– Que estranho – disse ao pequeno príncipe –, está tudo pronto: a roldana, o balde, a corda...

Ele riu, pegou a corda e fez a roldana girar. E ela gemeu como um velho cata-vento quando o vento dormiu por um bom tempo.

– Está ouvindo? – disse o pequeno príncipe – Acordamos este poço e ele está cantando...

Eu não queria que ele fizesse força:

– Deixa comigo – eu lhe disse –, é muito pesado para você.

Lentamente, puxei o balde até a borda. E o coloquei no prumo. O canto da roldana continuava em meus ouvidos e, na água que ainda tremulava, eu via o sol tremular.

– Tenho sede desta água – disse o pequeno príncipe –, me dá de beber...

E aí entendi o que ele tinha procurado!

Levei o balde até seus lábios. Ele bebeu de olhos fechados. Foi doce como uma festa. Aquela água era diferente de um alimento. Ela nasceu da caminhada sob as estrelas, do canto da roldana, do esforço dos meus braços. Ela era boa para o coração como um presente. Quando eu era criança, a luz da árvore de Natal, a música da Missa do Galo, a doçura dos sorrisos faziam todo o esplendor do presente de Natal que eu recebia.

– Os homens do seu planeta – disse o pequeno príncipe – cultivam 5 mil rosas num mesmo jardim... e ali não acham o que procuram.

– Eles não acham... – respondi.

– Mas o que eles procuram poderia ser encontrado numa só rosa ou num gole d'água...

– Claro – respondi.

E o pequeno príncipe acrescentou:

– Mas os olhos são cegos. É preciso procurar com o coração.

Eu tinha bebido. Respirava bem. Ao alvorecer, a areia é cor de mel. Eu também estava feliz com aquela cor de mel. Por que eu deveria ficar triste...

– É preciso cumprir sua promessa – me disse docemente o pequeno príncipe, que se sentara outra vez perto de mim.

– Que promessa?

– Você sabe... uma focinheira para o meu carneirinho... eu sou responsável por aquela flor!

Tirei do bolso meus rascunhos de desenho. O pequeno príncipe os viu e disse rindo:

– Seus baobás mais parecem pés de couve...

– Oh!

E eu que era tão orgulhoso dos baobás!

"Está ouvindo? Acordamos este poço e ele está cantando..."

– Sua raposa... as orelhas dela... parecem chifres... e são muito compridas!

E continuou a rir.

– Você está sendo injusto, menino, eu não sabia desenhar nada, a não ser jiboias abertas e jiboias fechadas.

– Oh, vai servir – disse ele –, as crianças sabem.

Então, eu rabisquei uma focinheira. E senti o coração apertado ao lhe entregar:

– Você tem planos que desconheço...

Mas ele não me respondeu. E disse:

– Sabe, minha queda na Terra... amanhã faz aniversário...

Depois, após um silêncio, ainda disse:

– Eu caí bem perto daqui...

E corou.

E outra vez, sem saber o porquê, senti uma estranha aflição. No entanto, me veio uma pergunta:

– Então não foi por acaso que, na manhã em que te encontrei, faz oito dias, você vagava assim, sozinho, a mil milhas de qualquer região habitada! Você estava voltando para o local da sua queda?

O pequeno príncipe corou outra vez.

E acrescentei, hesitando:

– Talvez por causa do aniversário?...

O pequeno príncipe corou mais uma vez. Ele nunca respondia às perguntas, mas quando alguém cora, isso quer dizer "sim", não é?

– Ah – eu disse –, tenho medo...

Mas ele me respondeu:

– Agora você tem de trabalhar. Tem de voltar ao seu motor. Espero você aqui. Volte amanhã de tarde...

Mas eu não estava convencido. Eu me lembrei da raposa. A gente corre risco de chorar um pouco quando se deixa cativar...

CAPÍTULO 26

Havia, ao lado do poço, um velho muro de pedra em ruínas. Quando voltei do trabalho, na tarde seguinte, vi de longe meu pequeno príncipe sentado lá em cima, com as pernas penduradas. E o ouvi falar:

– Então, você não se lembra? – dizia ele. – Não é bem aqui!

Uma outra voz, sem dúvida, lhe respondeu, já que ele disparou:

– Sim! Claro! O dia é este, mas o lugar não é aqui...

Fui andando em direção ao muro. Continuava sem ver nem ouvir ninguém. No entanto, o pequeno príncipe respondeu de novo:

– ...Claro. Você vai ver onde começam minhas pegadas na areia. É só me esperar. Estarei lá esta noite.

Eu estava a vinte metros do muro e continuava sem ver nada.

O pequeno príncipe disse ainda, depois de um silêncio:

– O seu veneno é dos bons? Tem certeza de que não vai me fazer sofrer muito tempo?

Parei, com o coração apertado, mas continuava sem entender.

– Agora vá embora... – disse ele. – Eu quero descer!

Então, baixei meus olhos até a base do muro e dei um salto! Ela estava lá, ereta, em direção ao pequeno príncipe, uma dessas serpentes amarelas que acabam com alguém em trinta segundos. Buscando em meu bolso o revólver, acelerei o passo, mas, com o barulho que fiz, a serpente deslizou lentamente pela areia, como um jato d'água que morre e, sem muita pressa, esgueirou-se entre as pedras com um leve ruído metálico.

Eu cheguei ao muro justo a tempo de receber em meus braços meu príncipe menino, pálido como a neve.

– Só faltava essa! Agora você deu para falar com as serpentes!

Eu havia desatado seu eterno cachecol dourado. Umedeci suas têmporas e lhe dei de beber. E agora não ousava perguntar mais nada. Ele me olhou gravemente e seus braços envolveram meu pescoço. Senti seu coração bater como o de um pássaro que morre ferido por carabina. Ele me disse:

– Estou feliz por você ter encontrado o que faltava pra sua máquina. Vai poder voltar pra casa...

– Como é que você adivinhou!

Eu vinha justamente lhe dizer que, contra as expectativas, tive sucesso no meu trabalho!

Ele não respondeu minha pergunta, mas acrescentou:

– Eu também volto pra casa hoje...

Depois, melancólico:

– É bem mais longe... bem mais difícil...

Eu pressentia que algo extraordinário estava acontecendo. Eu o apertava nos braços como uma criança e, no entanto,

"Agora, vai embora, eu quero descer!"

era como se ele deslizasse verticalmente para um abismo e eu nada pudesse fazer para detê-lo...

Seu olhar estava sério, perdido ao longe:

– Eu tenho o seu carneirinho. E a caixa do carneirinho. E a focinheira...

E ele sorriu, melancólico.

Esperei muito tempo. Senti que ele se recuperava pouco a pouco...

– Menino, você sentiu medo...

Claro que ele teve medo! Mas riu docemente:

– Vou sentir muito mais medo esta noite...

Eu gelei outra vez com o sentimento do irreparável. E percebi que não suportava a ideia de não mais ouvir aquele riso. Para mim, era como uma fonte no deserto.

– Menino, eu quero continuar a ouvir você rir...

Mas ele disse:

– Vai fazer um ano esta noite. Minha estrela vai estar bem em cima do lugar onde caí no ano passado...

– Menino, essa história de serpente, de encontro e de estrela é só um sonho ruim, não é?

Mas ele não respondeu minha pergunta. E disse:

– O que é importante não se vê...

– Claro...

– Acontece o mesmo com a flor. Se você ama uma flor que se encontra numa estrela, é doce olhar o céu à noite. Todas as estrelas ficam floridas.

– Claro...– Acontece o mesmo com a água. A que você me deu de beber era como uma música, por causa da roldana e da corda... você lembra... era boa.

– Claro...

– Á noite, você vai olhar as estrelas. É muito pequeno onde moro pra eu mostrar onde se encontra a minha. Melhor assim. Pra você, a minha estrela vai ser uma das estrelas. Então você vai gostar de olhar todas elas... Elas todas vão ser suas amigas... Depois, vou lhe dar um presente...

Ele riu mais uma vez.

– Ah, menino, menino, adoro ouvir esse riso!

– É esse que vai ser o meu presente... como a água...

– Do que é que você está falando?

– As estrelas não significam o mesmo pra todas as pessoas. Pra uns, que viajam, elas são guias. Pra outros, nada mais do que pequeninas luzes. Pra outros, que são sábios, elas são um problema. Pra meu homem de negócios, elas eram ouro. Mas todas essas estrelas estão caladas. Você vai ter estrelas como ninguém tem...

– O que é que você quer dizer?

– Quando você olhar o céu à noite, já que vou morar numa delas, já que vou rir numa delas, vai ser pra você como se todas as estrelas estivessem rindo. Você vai ter estrelas que sabem rir!

E ele riu outra vez.

– E, quando você se consolar (a gente sempre se consola), vai ficar feliz por me ter conhecido. Você vai ser sempre meu amigo. Vai ter vontade de rir comigo. E, algumas vezes, vai abrir a janela, assim, sem motivo, por prazer... E seus amigos vão ficar surpresos ao ver você rir olhando para o céu. Então você vai dizer a eles: "É, as estrelas sempre me fazem rir". E eles vão pensar que você é doido. Como se eu tivesse pregado uma boa peça em você...

E ele riu mais uma vez.

– Como se eu tivesse dado a você, em vez de estrelas, um monte de pequenos guizos que sabem rir...

E riu mais uma vez. Depois ficou sério.

– Esta noite... sabe... não venha.

– Eu não vou abandonar você.

– Vai parecer que estou sofrendo... vai parecer que estou morrendo. É assim mesmo. Não venha ver isso, não vale a pena.

– Eu não vou abandonar você.

Mas ele estava preocupado.

– Eu estou dizendo isso... também por causa da serpente. Pra ela não picar você... Serpentes são cruéis. Podem picar por prazer...

– Eu não vou abandonar você.

Mas alguma coisa o deixou tranquilo:

– Ainda bem que elas não têm veneno pra uma segunda picada...

Naquela noite, eu não o vi ir embora. Ele partiu em silêncio. Quando consegui alcançá-lo, ele andava decidido, a passos largos. E me disse apenas:

– Ah, você está aí...

E me pegou pela mão. Mas se afligiu outra vez:

– Você errou. Vai sofrer. Vai parecer que estou morto, mas não será verdade...

Eu continuei calado.

– Você entende. É muito longe. Não posso carregar este corpo. É muito pesado.

Eu continuei calado.

– Mas será como uma velha casca abandonada. Não são tristes as velhas cascas...

Eu continuei calado.

Ele se desencorajou um pouco. Mas ainda fez um esforço:

– Sabe, vai ser tranquilo. Eu também vou olhar pras estrelas. Todas elas vão ser poços com a roldana enferrujada. Todas elas vão me dar de beber...

Eu continuei calado.

– Vai ser tão divertido! Você vai ter 500 milhões de guizos, eu vou ter 500 milhões de fontes...

E ele também se calou, porque estava chorando...

– É aqui. *Me* deixa dar um passo sozinho.

E ele se sentou porque estava com medo.

E disse ainda:

– Sabe... a minha flor... sou responsável por ela! E ela é tão frágil! É tão ingênua! Ela só tem quatro espinhos de nada pra se proteger do mundo...

Eu me sentei porque não aguentava mais ficar de pé. Ele disse:

– Pronto... É isso...

Ele ainda hesitou um pouco. Depois se levantou. Deu um passo. Eu não conseguia me mexer.

O que aconteceu foi apenas uma faísca amarela perto do seu tornozelo. Ele ficou imóvel por um instante. Não gritou. Caiu devagarinho como uma árvore. Não houve sequer barulho, por causa da areia.

CAPÍTULO 27

E agora, claro, já faz seis anos... Eu nunca contei essa história. Os colegas que me encontraram ficaram felizes ao me ver vivo. Eu estava triste, mas dizia: "É o cansaço..." Agora já me consolei um pouco. Quer dizer... nem tanto. Mas sei que ele voltou para seu planeta, porque, ao amanhecer, não encontrei seu corpo. Não era um corpo tão pesado... E gosto de ouvir as estrelas à noite. É como se fossem 500 milhões de guizos...

Mas acontece alguma coisa extraordinária: na focinheira que desenhei para o pequeno príncipe, esqueci de colocar a coleira de couro! Ele não vai conseguir amarrá-la ao carneirinho. Então penso: "O que terá acontecido no seu planeta? Pode ser que o carneirinho tenha comido a flor..."

*Caiu devagarinho como uma árvore.
Não houve sequer barulho, por causa da areia.*

Depois, penso: "Claro que não! O pequeno príncipe protege sua flor todas as noites com a redoma e vigia bem o carneirinho..."

Então fico feliz. E todas as estrelas sorriem docemente.

Pouco depois, penso: "É só se distrair uma vez ou outra e pronto! Esquecer a redoma uma noite ou então o carneirinho sair em silêncio de madrugada..."Então, todos os guizos se transformam em lágrimas!...

Aí está um grande mistério. Para vocês, que também amam o pequeno príncipe, como para mim, nada no universo é igual se, em algum lugar, não se sabe onde, um carneirinho que não conhecemos comeu ou não uma rosa...

Olhem para o céu. Perguntem-se: "O carneirinho comeu ou não a rosa?" E verão como tudo se transforma...

E nenhum adulto jamais entenderá que isso possa ter tanta importância!

Essa é para mim a mais bela e a mais triste paisagem do mundo. É a mesma paisagem da página anterior, mas desenhei uma vez mais para mostrar a vocês. Foi aqui que o pequeno príncipe apareceu na Terra e depois desapareceu.

Olhem bem essa paisagem, para terem certeza de reconhecê-la se algum dia viajarem pelo deserto, na África. E, se algum dia passarem por lá, eu lhes peço que não se apressem, esperem um pouco bem embaixo da estrela! Se então um menino chegar até vocês, se rir, se tiver cabelos louros, se não responder o que vocês lhe perguntam, já adivinharão quem ele é. Então sejam amáveis. Não me deixem tão triste... Escrevam-me logo dizendo que ele voltou...

Antoine de Saint-Exupéry foi escritor, aviador e jornalista.

Nasceu em Lyon, na França, em 29 de junho de 1900, terceiro filho do conde Jean Saint-Exupéry e da condessa Marie Foscolombe.

Quando tinha quatro anos, o pai faleceu e a mãe assumiu a educação dos cinco filhos.

Até o início da Primeira Grande Guerra, em 1914, a família viveu com uma tia, em um castelo, numa região de florestas e lagos, próxima de um aeroporto.

Um dia, um piloto o convidou para um passeio de avião, que ficaria para sempre na sua memória.

Saint-Exupéry foi uma criança sensível e exigente, que criou e imaginou histórias para vencer a solidão.

A família o incentivou a escrever. Sua mãe ensinou-lhe desenho e música.

Em 1922, já era piloto militar.

Em 1926, foi admitido na Aéropostale, correio postal aéreo francês.

Foi pioneiro da aviação comercial e estabeleceu várias rotas entre a Europa, a África e a América do Sul.

Ele se dedicou à literatura e à aviação.

Escreveu os livros:

O Aviador (L'Aviateur) - 1926
Correio do Sul (Courrier Sud) - 1929
Voo Noturno (Vol de Nuit) - 1931
Terra dos Homens (Terre des Hommes) - 1939
Piloto de Guerra (Pilote de Guerre) - 1942
O Pequeno Príncipe (Le Petit Prince) - 1943
Carta a um Refém (Lettre à um Otage) - 1943/44

Na noite de 31 de julho de 1944, ele partiu de uma base aérea na Córsega e não retornou. Seu corpo nunca foi encontrado.

Impressão e Acabamento
Gráfica Oceano